웃음과 울음의 순서

b판시선 014

하종오 시집

웃음과 울음의 순서

도서출판 b

하언에게

|차 례|

수국 꽃

시집간 딸이 다니러 왔다가
지난해 제가 사다 심은
수국이 피운 꽃을 보고는
혼잣말을 재잘거렸다
꽃에게 영혼이 있어
스스로 경탄하는가 싶었으나
꽃이 하는 말을 알아듣지 못한
나는 딸을 쳐다만 보았다
딸이 돌아다니다가 멈춰 서서
혼잣말을 재잘거리는 곳마다
수국이 돋아나 꽃을 피웠으나
나는 꽃이 하는 여러 말을
여전히 알아듣지 못했다
태아가 건강하다는 진단을 받았다고
딸이 하는 이런 말을 알아듣는 순간,
꽃이 하는 이런 말도 알아들었다
꽃에게도 영혼이 있다는 걸

영혼이 있는 사람은 알아본다는……
아기가 태어나 자라면 놀 장소를
수국 꽃 옆에 많이 준비해 두려고
딸이 친정집에 다니러 왔나?

작명

딸이 뱃속에 있는 아이
이름을 미리 짓고는
나에게 자문했다
자식을 가까이 불러야
해결할 수 있는 일을
더 많이 가진 부모가
이름을 지어야 한다는
생각을 가진 나는
딸이 태어났을 때
내가 이름을 지어
어른들에게 알린 적 있어서
그 자문을 자연스러워 하였다
하지만 새 작명이 나올 때마다
의미로 보자면 어쩌고
발음으로 보자면 저쩌고
한자로 쓸 경우 어렵다거니
영문으로 쓸 경우 괴상하다거니……

12

나는 흔쾌하게 동의하지 않았다
얼마 후 태어난 아이를 보니
딸이 지은 이름들 모두
오히려 딸에게 잘 어울렸다

해산어미

오늘 딸이 제 딸을 낳아 해산어미가 되었다
임신하고 나서부터
쳐다본 꽃을 마땅히 눈으로 들이고
걸어 다닌 길을 마땅히 다리로 들이고
만진 돌을 마땅히 팔로 들여서
속에다 지구를 만들었다가
이 세상에 내보내지 않고서야
배가 그렇게 둥두렷했을 수는 없었겠다

아내가 딸을 낳아 해산어미가 되었을 적엔
임신했던 열 달 동안
논에서 거둔 쌀로 고맙게 밥을 지어먹고
밭에서 거둔 나물로 고맙게 반찬을 무쳐먹고
바다에서 거둔 미역으로 고맙게 국을 끓여먹고는
속에다 지구를 만들었다가
이 세상에 내보냈기에
배가 그렇게 둥두렷했다고 생각했다

언젠가 외손녀가 제 딸을 낳아 해산어미가 될 것이다
임신하고 나서부터
하늘에서 쏟아지는 햇볕을 기꺼이 다 삼키고
공중에서 부는 바람을 기꺼이 다 들이쉬고
바닥에서 차오르는 물을 기꺼이 다 마시고는
속에다 지구를 만들어
이 세상에 내보내지 않고서야
배가 그렇게 둥두렷했을 수는 없다고
사람들이 외손녀를 보고 서로서로 말하게 되는 날,
이 세상에서 지구가 수없이 생겨나서
모든 여인이 각자 뱃속에 하나씩 품을 것이다

신생아실 밖에서

신생아실 안 통유리창 앞으로
침대에 누운 갓난아기가 올 때마다
신생아실 밖 통유리창 앞에서
친척들이 탄성을 질렀다
갓난아기는 강보에 싸여 있었지만
세상에 제 자리를 마련하기 위해
사람과 사람 사이를 비집으려는지
고개를 돌리고 얼굴을 찡그리고
두 눈을 떴다 감았다 했다
친척들은 갓난아기에게서
자신과 닮은 이목구비를 찾았거나
아깃적 자신의 모습을 봤는지
또 더 크게 탄성을 질렀다
산모는 자신의 장점만
갓난아기한테 다 있으리라 믿는지
환한 미소를 지으며 가만있었다
외손을 보러 온 나는

그들 모두를 곁눈질하다가 그만

나도 모르게 갓난아기가 되었는지

못내 아무 말을 하지 못했다

수유

딸이 제 아기에게 젖을 먹이는 시간에
나는 아무 말을 하지 않는다
아기가 젖을 빠는 모습을 보다가
딸이 제 어미에게서 젖을 빨던
시간으로 되돌아가서 봐도
그때 나는 아무 말을 하지 않았다

마을에서 소들이 울지 않고 개들이 짖지 않으니
제 새끼들에게 젖을 빨리고 있겠다
소들과 개들도 제 어미들에게서 젖을 빨던
시간으로 되돌아가서
그때 말없이 지켜보던 제 무리를 떠올릴지도 모르겠다

포유동물은 새끼가 모유를 먹으면
끽소리도 내지 않는다
포유동물이 조용해지는 시간은
새끼들에게 젖을 먹이는 시간,

포유동물이 새끼에게 하는 행위에
수유보다도 더 절박한 것은 없다

딸이 제 아기에게 젖을 먹이는 시간에
나는 아무 말을 하지 않으면서
젊은 아버지가 아무 말을 하지 않은 가운데
젊은 어머니가 어린 나에게 젖을 먹이던 시간을
그리워하고 그리워하고 또 그리워하다가
그만 배가 고파진다

유축

첫아기를 낳은 딸한테서 처음 들은 말,
유축乳畜,
젖을 미리 짜내어 모아둔다는 뜻,

모든 포유하는 무리 중에서
인간만 모유를 비축했다가
젖먹이가 배고파할 때 먹인다
소나 돼지나 개는
새끼를 낳았다 해도
젖을 미리 짜내어 모아두지 않는다
굶주릴 때를 대비하는 인간만의 행동,
양식이 없으면 죽는다는 사실을
몸소 겪어 알고는
살아남으려는 욕망이 지혜로 바뀌었을 것이다
유축이라는 새로운 낱말이 그렇게 생겨났겠다

딸은 첫아기를 낳고는

젖을 제때 만들어

양껏 먹이는 일이 서툴러

유축을 한다고 말했다

기저귀

출산일이 가까워진 딸은
무명천을 떠와 잘라서
천기저귀를 시침질했다

딸이 젖먹이였을 적에
아내가 전날 빨아 널었다가
다음날 개키던 천기저귀를 보며
기저귀를 채우는 일은
아기가 진화하도록 돕는 일,
그 일을 한 다음에 행복해지는 사람이
엄마라고 나는 생각했다

딸은 번거로운 천기저귀를 잘 준비해 놓더니
정작 출산하고 나서는
편리한 일회용 기저귀를 사 썼다
갓난쟁이가 울 때
기저귀를 갈아 달라는 울음소리만 골라 들으며

아기가 진화하도록 손쉽게 도와야

엄마가 빨리 행복해진다고

딸이 알았을까

천기저귀만큼 일회용 기저귀가 쌓여 있었다

놀소리

젖먹이 외손이 누워 혼자 놀면서
입으로 소리를 낸다
바람에 흔들리는
바람소리 같기도 하고
비에 젖어드는
빗소리 같기도 하고

바람이 불 때
젖먹이 외손을 제 엄마가 안고 있다가
요람에 눕히면 깔깔거리고
비가 내릴 때
젖먹이 외손을 내가 안고 있다가
요람에 눕히면 칭얼거리고

나도 태어나서 젖먹이였다
젖을 배불리 먹인 뒤에 눕혔으면
방긋방긋 웃었을 것이고

젖을 빨리는 중에 눕혔으면
응애응애 울었을 것이다

젖먹이 외손이 누워 혼자 놀면서
입으로 소리를 낸다
내가 젊었을 적에 불어대는 바람을 보고
어렸던 제 엄마에게 속삭이던 바람소리 같기도 하고
제 엄마가 어렸을 적에 쏟아지는 비를 보고
젊었던 나에게 중얼거리던 빗소리 같기도 하고

배냇짓

요람에 누운 젖먹이 외손이
눈을 깜박, 깜박거리면
방 안 햇빛이 환해지고
코를 벌렁, 벌렁거리면
방 안 공기가 맑아지고
입을 실룩, 실룩거리면
방 안 소음이 사라졌다

내가 젖먹이 외손을 보고 있을 때
딸이 제 할머니를 닮았다고 했다
젖먹이 외손이 하는 배냇짓이
어머니 생전에 하셨던 동작일까
아직도 살아가는 나를 걱정한 어머니가
햇빛과 공기와 소음을 살피려고
젖먹이 외손으로 다시 태어나서
딸에게 안겨 나를 보고 계시는 걸까
나는 젖먹이 외손에게 고개 숙였다

그러는 사이 세상 모든 아기들이
눈을 다 깜박, 깜박거리는지
바깥 햇빛은 환해질 대로 환해지고
코를 다 벌렁, 벌렁거리는지
바깥 공기는 맑아질 대로 맑아지고
입을 다 실룩, 실룩거리는지
바깥 소음은 사라질 대로 사라졌다

삼칠일

딸이 미역국을 떠먹고
아기에게 모유를 먹이던 날에
나는 밥을 챙겨 먹고
신작시 초고를 썼네

딸이 아기에게 젖을 물리면서
몸에 도는 피를 새삼 느꼈을 날에
나는 낱말을 바꾸고 행을 나누다가
신작시를 탈고해서 되풀이 살펴보았네

아기를 품에 안은 딸과
신작시를 가슴에 품은 나는
날이면 날마다
서로 안부를 물었네

해산 중에 늘어난 골반을
딸이 원상태로 되돌려놓는 동안

아기가 자주 배냇짓한다고 말했고
시작詩作 중에 찾아온 낱말을
내가 한글사전 속에 되돌려 보내는 동안
신작시가 곧잘 읽히다가 만다고 말했네

젖을 빨아먹는 소리

딸이 양쪽 젖을 번갈아
외손에게 먹이고
외손은 젖꼭지를 물고
힘껏 빨아먹었다

외손이 딸한테 안겨서
젖을 빨아먹는 소리를 내는데
해가 숨을 쉬는 소리로 들려서
나는 물끄러미 바라보았다

해가 하늘에 오르다가
구름을 디디고서
허공을 멀리 밀어내기에
내가 놀라 다시 바라보니
외손은 딸에게 착 안겨 웃고 있었다

딸이 양쪽 젖이 텅 비워졌는지

외손을 품에서 들어내어
잠자리에 가만히 눕혔다

젖병

딸은 분유를 타서 먹인 젖병을
수시로 삶아 말렸다
딸은 제 딸아기에게 모유를
양껏 빨아 먹이지 못했던 것이다

딸이 젖먹이 적에
유종을 앓았던 제 어미가
분유를 타서 먹이느라
젖병을 삶아 말리는 모습을 봤던 나는
모유를 충분히 만들지 못하여
제 딸아기에게 미안해하는 딸에게
그 이야기를 들려주며 위로했다

건조대에 걸린 젖병을 여러 개 보다가
인간이 발명한 물건 중에서
가장 소중하다고 생각했다
젖꼭지를 여러 개 가질 수 없는 인간에겐

딸이 젖병을 다 삶아 말렸을 때
제 딸아기가 마침 울기 시작했다
젖병에 분유를 양껏 타서 먹이라고
나는 딸에게 당부했다

공갈젖꼭지

딸아기가 공갈젖꼭지를 빤다
먼 하늘에서 뻗어 나온
젖줄이 당겨지고
가까운 공중에 흩어진
젖줄이 모여서
공갈젖꼭지로 젖을 뿜어낸다
잠투정하던 딸아기를 달래려고
공갈젖꼭지를 입에 물렸던
엄마가 그 광경을 보고
놀라서 빼내려고 하자
앙다문 채 얼른 잠든다
젖을 실컷 먹는 법을 알았으므로
잠자고 싶을 때 배가 고파지면
엄마한테 보채어
공갈젖꼭지만 입에 물면 된다는 걸
딸아기가 금방 터득했다
또 잠결에 딸아기가 공갈젖꼭지를 빤다

젖줄이 연결되어 있는지
꽃들과 나무들이 달려오고
꿀벌들과 나비들이 날아오고
젖소들과 개들이 뛰어와서
딸아기에게 서로 먼저 젖을 먹이려고 한다
다시 놀란 엄마가
잠에 빠진 딸아기에게서
얼른 공갈젖꼭지를 빼내고
젖가슴을 들이댄다

맘마

맘마 먹자, 말 먼저 하고
엄마가 분유를 타면
딸아기는 칭얼거린다

이 세상에 오면서부터
먹기 시작해서
이 세상을 떠나기 직전까지
먹어야 한다는 걸
내림내림으로 알고 있어서
스스로 먹을 수 있을 때까지
엄마는 먹자고 말하고
딸아기는 말없이 먹을 것이다
이렇게 먹이고 먹는 일은
이 세상에서만 가르치고 배운다
딸아기도 자라서 엄마가 될 것이다

맘마 먹자, 말하자마자

엄마가 젖병을 물리면

딸아기는 방긋거린다

포대기

젊은 딸이 젖떼기 외손을
포대기로 둘러업고 나들이했다
젖떼기 외손이 두 손으로 햇볕을 끌어당겨서
포대기 속에 넣자
젊은 딸이 천천히 걸었고
젖떼기 외손이 두 발로 햇볕을 차서
포대기 밖으로 밀어내자
젊은 딸이 빠르게 걸었다

나는 뒤따라가다가
젖떼기 딸을 포대기로 둘러업고 나들이하는
젊은 아내를 떠올렸다
젖떼기 딸이 두 손으로 햇볕을 끌어당겨서
포대기 속에 넣으면
젊은 아내가 무겁게 느껴진다며 천천히 걸었고
젖떼기 딸이 두 발로 햇볕을 차서
포대기 밖으로 밀어내면

젊은 아내가 힘세게 느껴진다며 빠르게 걸었다

젊은 아내도 젊은 딸도
젖떼기 딸과 젖떼기 외손과 하루를 잘 놀려고
햇볕이 무량한 날엔
포대기로 둘러업고는
천천히도 다니고 빠르게도 다녔는데
그때나 이때나 뒤처져 바라보면
내가 업혀 있을 때도 있었다

백일

내가 시골집 마당에 잔디를 캐낸 뒤
산기슭에서 엉겅퀴를 옮겨 심고
화원에서 금낭화를 사다 심고
이웃집에서 달맞이꽃을 얻어다 심은 나날에
외손은 아파트 안방에 누운 채
제 엄마에게 잠을 재워 달라고 보챘을 것이고
맘마를 먹여 달라고 칭얼거렸을 것이고
기저귀를 바꿔 달라고 울었을 것이다

잔디를 캐낸 건
내가 잔디밭에서 서성거릴 때가 지났기 때문이고
꽃을 심은 건
외손이 꽃밭에서 꽃을 봐야 할 때가 왔기 때문이다
아기가 태어나 자라면서
평생 울고 웃는 사람한테서 배우기도 해야 하지만
한 철 피고 지는 꽃에게서 느끼기도 해야 하는 것이다

아파트에 사는 외손이 제 엄마에게 업혀서
시골집에 사는 나에게 다니러 온다는 백일엔
꽃밭 한가운데 서 있게 하리라
외손이 나하고 노는 시간보다
꽃하고 어우러지는 시간을 더 가지게 하리라

엎치기

누워 지내는 어린 외손이
몸을 틀며 끙끙대다가
원상태로 되돌아오기를 몇 번
기성을 지르며 젖 먹던 힘을 다해
마침내 처음으로 엎쳤다

눕는다는 건
공중에게 자신을 안게 하는 것,
엎드린다는 건
바닥에게 자신을 지게 하는 것,
누워서 바라보는 방 안과
엎드려서 바라보는 방 안이 달라 보여도
저를 바라보는 엄마와 나는 한결같아 보이는지
어린 외손이 벙시레 웃었다
아니면, 자랑스러웠을까
공중을 등에 지고 바닥을 가슴에 안은 자신이

머지않아 머리를 들고 팔다리를 움직여

어린 외손이 거북처럼 기어서 가겠구나

처음 스스로 어딘가로

유모차를 타고·1

어린 외손이 유모차를 타고
아파트단지를 가로지르자
화단에서 철쭉꽃들이 향기를 뿜으며 뒤따라오고
횡단보도를 건너가자
길가에서 벚나무들이 바람을 데리고 뒤따라오고
빌딩 앞을 지나가자
사무실에서 직원들이 뒷짐 지고 뒤따라오고
근린공원으로 들어서자
어느새 앞질렀는지
철쭉꽃들이 꽃망울을 터뜨리고 있고
벚나무들이 잔가지를 흔들고 있고
직원들이 기지개켜고 있어
유모차를 밀고 온 제 엄마가
어린 외손을 들어서 안자
철쭉꽃들과 벚나무들과 직원들이
서로 유모차에 타보려고 모여들고
그 광경을 다 봐온 내가 얼른

어린 외손과 제 엄마를 같이 번쩍 들어 태우고는

유모차를 밀어서 되돌아가자

모두모두 제자리로 되돌아갔다

유모차를 타고·2

어린 외손이 유모차를 타고
해 질 녘에 나들이하고……
햇빛이 사그라질수록
허공이 드넓어지고……
유모차를 밀고 가는 이가
제 엄마일 경우에
햇빛을 보려는 걸까
어린 외손은 고개를 들고……
제 아빠일 경우에
허공을 잡으려는 걸까
어린 외손은 두 손을 펴고……
어린 외손이 햇빛을 보려고 두 눈을 반짝이는 해 질 녘이면
커다란 나무 아래에 유모차를 세우게 한 뒤
나무들이 아무리 커다래도 햇빛을 밝힐 순 없단다
귀엣말을 해주고 싶고……
어린 외손이 허공을 잡으려고 두 팔을 드는 해 질 녘이면
높다란 건물 옆에 유모차를 세우게 한 뒤

건물들이 아무리 높아도 허공을 채울 순 없단다

귀엣말을 해주고 싶고……

오늘 어린 외손이 탄 유모차를

제 엄마아빠가 번갈아 밀고 가는 해 질 녘

나는 말없이 따라가고……

유모차를 타고·3

유모차를 탄 어린 외손이
벚나무를 쳐다보고 있어
제 엄마가 머뭇거렸다
벚나무보다 더 큰 트럭에게도
벚나무보다 더 높은 전봇대에게도
어린 외손은 눈길을 주지 않았다
트럭은 가만있을 줄 모르므로
전봇대는 흔들릴 줄 모르므로
마음에 안 드는지
벚나무는 가만있으면서도 흔들리므로
마음에 드는지
속마음을 헤아릴 수 없지만
인간이 절대 함께하지 못하는 벌레와 새들을
잎새로 들어오게 하는 벚나무를
어린 외손이 유모차를 탄 채
오래 쳐다보고 있었다
밑동은 가만있고 우듬지가 흔들리는 벚나무,

자꾸자꾸 가지들이 자라나기 때문에
벌레와 새들이 머물 수 있다고 말해 주지 않아도
어린 외손이 오래 벚나무를 쳐다보면
저절로 알게 된다고 믿는지
제 엄마가 유모차를 잡고 떠나지 않았다
트럭이 달리고 전봇대가 붙박인 길에서
어린 외손이 쳐다보는 건
가만있지 않고 흔들리지 않는 제 엄마라는 사실을 모른
채

까꿍

내가 외손을 내려다보며
잘 지내니? 하고 물으면
외손은 나를 올려다보며
누구신지? 하는 눈빛을 하다가
내가 까꿍, 어르면
외손은 벙긋, 입을 벌리다가
내가 까꿍, 까꿍, 재롱을 떨면
외손은 벙긋, 벙긋, 웃다가
내가 까꿍, 까꿍, 까꿍, 하다가 외손이 되어 누우면
외손은 벙긋, 벙긋, 벙긋, 하다가 내가 되어 일어난다

젖먹이와 초로가 며칠에 한번 만나도
이렇게 서로를 바꾸는 주문呪文을 걸 줄 안다

외손이 나를 내려다보며
잘 지내니? 하고 물으면
나는 외손을 올려다보며

누구신지? 하는 눈빛을 하다가
외손이 까꿍, 어르면
나는 벙긋, 입을 벌리다가
외손이 까꿍, 까꿍, 재롱을 떨면
나는 벙긋, 벙긋, 웃다가
외손이 까꿍, 까꿍, 까꿍, 하다가 내가 되어 누우면
나는 벙긋, 벙긋, 벙긋, 하다가 외손이 되어 일어난다

즐거운 이모들

엄마의 친구들이 모여서
스스로 이모로 호칭하며
하루 종일 딸아기와 놀았다
아직 결혼 안 한 이모들은
딸아기가 방긋 웃으면
모두 웃음보가 터지고
딸아기가 아아 놀소리하면
모두 탄성을 지르고
딸아기가 슬쩍 엎치면
모두 덩달아 엎드리고
딸아기가 바로 누워 새근 잠들면
모두들 따라 누워 눈을 감고는
아직 태어나지 않은 제 자식은
더 예쁘리라 싶었다
그때도 친구들이 몰려와서
제 자식에게 이모로 자청하며
잘 놀아 줄 거고

제 자식은 웃다가 놀소리하다가
엎치다가 잠들 거라고
마냥 속으로 즐거워하는 순간
딸아기가 똥을 싸고 울었다
엄마의 친구들은 허둥지둥하다가
자신이 스스로 자기의 딸아기라는 걸
번듯 알아차렸다

모빌

어린 외손이 쳐다보는 모빌에는
동물 모형이 달려 있다

말 모형이 움직이면
말발굽 소리가 들리는가
어린 외손은 우우우,
닭 모형이 움직이면
홰치는 소리가 들리는가
어린 외손은 어어어,
토끼 모형이 움직이면
깡충거리는 소리가 들리는가
어린 외손은 아아아,

실제 동물이 있다 해도
분간하지 못할 정도로 어린 외손은
동물 모형이 움직이면
각각 다른 소리를 지르는데

내가 인형으로 움직이는가
나를 향해 어린 외손이 오오오,
어린 외손이 인형으로 움직이는가
어린 외손을 향해 내가 오오오,

모빌에 나와 외손이 달려 있어
외손이 쳐다보고 내가 쳐다본다

풀 먹인 홑청을 시친 요

아내가 삶아 빨아 널어서
햇볕에 말린 뒤 풀을 먹이고
다시 널어 말렸다가 거둬서
물을 뿌리고 다리미로 다린 홑청을
요에 시쳤다
많은 시간 누워 지내고
이따금 엎치는 외손에게
편안한 잠자리가 될 요
말끔한 놀이터가 될 요
젊었을 적에도
아내는 삶아 빨아 널어서
햇볕에 말린 뒤 풀을 먹이고
다시 널어 말렸다가 거둬서
물을 뿌리고 다리미로 다린 홑청을
요에 시치고는
어린 딸을 재우고 놀렸다
이젠 몸이 아픈 초로가 되어

마음껏 안아 주지 못하자
아내는 손수 풀 먹인 홑청을 시친 요를 펴고
딸의 귀동아기* 외손을 눕혔다
무더운 여름 고요한 날
땀으로 끈적해진 외손이
누워서 잠자거나 엎쳐서 놀았다

*표준국어대사전에 등재된, 귀염을 받는 아기를 뜻하는 북한어이나, 그
어감이 이 시집의 상황에 아주 적절하다는 생각이 들어 몇 편에 사용했다.

입에 손을 넣고 빤다

외손이 걸핏하면 입에 손을 넣고 빤다
손가락이 두셋 들어가기도 하고
주먹이 다 들어가기도 한다
저 손가락으로 나중에 언젠가
숟가락을 들고 밥을 떠먹고
연필을 쥐고 글을 쓰겠지
저 주먹으로 나중에 언젠가
밥을 구하지 못하면 땅바닥을 두드리고
글이 써지지 않으면 가슴을 때리겠지
그걸 알지도 모르고 모를지도 알 수 없는
외손의 입에서 손을 빼내 주고
내 손가락을 구부려 보고 내 주먹을 펴 본다
이 손가락으로 나는 요즘
남을 가리키다가 거두고
돌멩이를 들었다가 놓았지
이 주먹으로 나는 요즘
남을 패려다가 말고

돌멩이를 내리쳤지
왼손이 걸핏하면 입에 손을 넣고 빠는 건
내가 한 행동을 나중에 언젠가
저도 할지도 모른다 싶어
미리 자주 손을 씻어놓는 것일 수도 있다

둥이 타령

금자둥이 은자둥이
귀해서 보배둥이
순해서 순둥이
잘 자서 잠둥이
언제나 놀아서 놀둥이
땀 많이 흘려서 땀둥이
젖 자주 먹어서 젖둥이
늘 웃어서 웃음둥이
이따금 울어서 울음둥이
누가 봐도 잘생겨서 잘난둥이
그림책 좋아해서 책둥이
어디서나 똑똑해서 똑똑둥이
응석둥이 되고는 싶어도
미련둥이 되기는 싫은
금자둥이 은자둥이
외할머니 외할아버지에겐 귀염둥이
엄마 아빠에겐 효자둥이

자장자장

자장자장 우리 아가
엄마가 집안일 하다가
맘마 먹여주면
보채다가 잠드는 아가
아빠가 퇴근해서
목욕시켜주면
금방 잠드는 아가
외할머니 외할아버지가
품에 안고 재우려면
놀려고 드는 아가
놀아도 잘 크겠지만
낮에 자야 잘 큰단다
밤에 자야 잘 큰단다
자장자장 우리 아가
잠투정 오래 하지 마라
통잠 얼른 들거라

치아발육기

아기가 엄마 뱃속에서 몸을 얻어 태어나면
그 후 이가 잇몸에 상처를 내고 돋아난다
그때 상처가 안에서부터 쉽게 나도록
고무로 만든 과일을 아기에게 물린다

치아발육기라는 이름이 붙은
그것을 입에 넣고
왼손은 시시때때로 씹고 씹고 씹는다
젖을 실컷 먹고 누운 날
치아발육기에서 아무 맛을 못 느끼는지
하늘이 보이는 안방에 누워선
구름을 한 입 가득 채워 씹고
화분이 보이는 서재에 누워선
꽃잎을 한 입 가득 뜯어 씹고
현관문이 보이는 거실에 누워선
길을 한 입 가득 들여 씹는다
언젠가 단단한 이가 다 돋아나면

외손은 밥과 찬을 씹어 먹으며
저만의 식성을 만들어 갈 것이다

일생에서 어쩌다 배고픈 날이 오면
구름의 맛이 되살아나서 고개를 쳐들고
꽃잎의 맛이 되살아나서 침을 삼키고
길의 맛이 되살아나서 떠돌아다니다가
집에 되돌아와 아기로 누워서
입맛을 쩝쩝 다실지도 모른다

외조모의 어르는 소리

외조모가 누워 있는 어린 외손을 어르는데
물이 떨어지는 소리로 들려서
어린 외손이 눈을 동그랗게 뜬다
바람이 부는 소리로 들려서
어린 외손이 숨을 들이쉰다
새가 지저귀는 소리로 들려서
어린 외손이 팔다리를 파닥거린다

외조모가 어린 외손을 안아들고
얼굴을 씻자고 물소리로 말하여서
어린 외손이 눈을 질끈 감으며
외조모와 함께 얼굴을 씻으려 한다
외조모가 어린 외손을 안아들고
몸을 흔들자고 바람소리로 중얼거려서
어린 외손이 숨을 몰아쉬며
외조모와 함께 몸을 흔들려 한다
외조모가 어린 외손을 안아들고

공중으로 날자고 새소리로 속삭여서
어린 외손이 팔다리를 높이 쳐들고
외조모와 함께 공중으로 날아가려 한다

두 손을 맞잡고 두 발을 포개고

한 살배기 외손은 누운 채
두 손을 맞잡고 두 발을 포개고
놀기도 하고 보채기도 한다
아내는 귀여워하고
나는 부러워한다

아내와 내가 외손 옆에 누워
두 손을 맞잡고 두 발을 포개고
놀기도 하고 보채기도 하면
외손이 보고는 깔깔거리기도 하고 시무룩해 하기도 해서
아내와 내가 덩달아 깔깔거리기도 하고 시무룩해 하기도
한다

우리가 다 같이 두 손을 맞잡고 두 발을 포갤 때
한 살배기 아기를 키우는 가정마다
부모 모두 두 손을 맞잡고 두 발을 포갤 것 같다

두 손만 맞잡은 자세에서는
깔깔거리다가 금방 비손할 수 있어 좋고
두 발만 포갠 자세에서는
시무룩해 하다가 갑자기 뻗댈 수 있어 좋고
두 손을 맞잡고 두 발을 포갠 자세에서는
가만히 그대로 안길 수 있어 좋다

목욕하는 저녁

욕조에 들어앉혀 씻겨주는
아빠와 눈이 마주칠 때마다
귀동아기가 웃었다
저녁이 높다랗게 떠올라와
창문으로 들여다보면서
아파트단지를 가득 채웠다
집집마다 아이에게 줄 선물을
하나씩 들고 귀가하는 이웃들은
아파트단지에 들어서자마자
저녁에 둘러싸여 종종걸음 쳤다
정원에 가만히 서 있는 나무들이며 꽃들이며
모두 공중으로 붕 떠올라서
다른 집에는 별로 관심을 보이지 않고
목욕하는 귀동아기를
창문으로 들여다보다가 내려갔다
아빠가 손으로 물을 끼얹는 중인데도
벌거벗은 귀동아기가

벌써 배고픈지 칭얼거렸다

저녁이 땅위에서 멀리 넓게 깊어져 갔다

아기를 안는 법·1

딸과 내가
아기를 안는 법이 다를까
똑같은 자세로 안는데도 아기는
딸이 안으면 잠자고
내가 안으면 논다

안거나 안기는 품이 다 다르기 때문에
아기가 잠자고 놀까
아기가 잠자고 놀기 때문에
안거나 안기는 품이 다 달라질까

내가 딸을 안은 때는
나는 젊고 딸은 어려서 잠을 오래 잤고
딸이 나를 안을 때는 아직 오지 않았지만
같이 늙어가므로 자주 놀 것이다

엄마와 외할아버지가 안는 법이

어떻게 다른지 알아도

아기는 잠자고 노는 것이 행복이라고 여기는지

딸이 안으면 잠자고

내가 안으면 논다

아기를 안는 법·2

외할아버지가 안고 있는 동안
외손은 무표정하게 나무들을 쳐다보고
외할머니가 안고 있는 동안
외손은 웃으며 꽃들을 쳐다본다

나무들이 외할아버지를 싫어해서
성큼성큼 물러서며
탁한 그늘을 내리기 때문일까
꽃들이 외할머니를 좋아해서
팔짝팔짝 뛰어오르며
맑은 향기를 뿜기 때문일까

아파트 동과 동 사이 작은 정원에서
외할아버지와 외할머니가 힘에 부쳐서
외손을 번갈아 안고 걸을 적에
나무들은 나무들을 안고 걷는 걸
꽃들은 꽃들을 안고 걷는 걸

외손은 방금 알아차린 것 같다

외할아버지한테 안겨서는
외손은 옷자락을 붙잡고 말똥거리고
외할머니한테 안겨서는
외손은 양손을 맞잡고 두리번거린다

아기를 안는 법·3

내가 왼팔로 엉덩이를 받치고
오른팔로 등을 감싸면
외손은 얼굴을
내 가슴에 댄다
심장 소리를 들으며
내가 무얼 하다가 저를 안고 있는지
들숨날숨 소리를 들으며
내가 무얼 하다가 저를 안고 있는지
외손은 알까

내가 아비였을 적
어렸던 딸은 안아주면
방바닥에 내려가서
혼자 놀고 싶어 비비적거렸는데
그 딸이 엄마가 된 요사이
외손은 제 엄마에게 안겨
오랜 시간 자거나 논다

제 엄마의 박동이 저의 박동과 같은 걸로
제 엄마의 숨결이 저의 숨결과 같은 걸로
외손은 알 것이다

나는 책 읽거나 글 쓰고 있을 때
심장이 뛰지만
외손을 안고 있으면 가라앉고
나는 말다툼하거나 욕지거리하고 있을 때
들숨날숨이 빨라지지만
외손을 안고 있으면 잔잔해진다

부채

부채가 바람을 일으킨다는 걸
외손이 알도록 하기 위해
머리를 부쳐서 머리칼을 펄럭이게 하고
전신을 부쳐서 옷자락을 펄럭이게 하고
(어린 외손은 팔다리를 흔들거린다)
부채가 눈앞을 가린다는 걸
외손이 알도록 하기 위해
나를 쳐다보면 내 앞에 갖다 대고
아내를 쳐다보면 아내 앞에 갖다 대고
(어린 외손은 깔깔댄다)
부채가 그림을 보여준다는 걸
외손이 알도록 하기 위해
사람이 그려진 앞면을 내밀고
별들이 그려진 뒷면을 내밀고
(어린 외손은 눈을 반짝거린다)
부채가 없으면 손으로 부친다
손바닥에서 바람이 일어나고

손바닥에서 눈앞이 가려지고
손바닥에서 그림이 보이는
손부채를 우리가 지니고 있다는 걸
외손에게 가르친다

젖먹이와 한때

요 위에 누운 외손은
내가 다가가면 반가워 파닥인다

두 팔로 물을 밀치듯
두 다리로 물장구를 치듯
외손은 자꾸
머리맡으로 올라가며 나를 올려다보며 웃고
나는 덩달아
머리맡으로 따라가며 외손을 내려다보며 웃는다

어느 날 외손이
목을 곧게 세우고 등을 반듯 세워서
요 위에 일어나 앉아
나를 맞이해줄 때까지
나는 외손을 안아 들어올려서
가슴을 맞대고 놀아준다

내가 품속에 꼭 품으면
외손은 편안한지 가만있는다

보행기·1

두 손과 두 팔을 바닥에서 떼고
두 발과 두 다리로 일어서서 걷는 건
아기가 반드시 하는 일이고
그 일을 해야 아기인 것이다

엄마는 네 바퀴 달린 보행기에
아기를 앉혀 놓으면
스스로 굴리며 움직이다가
은연중에 걷게 되리라고 믿는데
아기는 아직 누워 지내는 중이다

인간만이 하는 직립보행은
편편히 엎드린 몸을 꼿꼿이 일으켜
아기만이 시작할 수 있는 행동인데
걸음을 빨리 익히게 하려고
바퀴 달린 기구를 만들어 태우는 건
아기를 모독하는 짓이 아닐까

엄마가 그걸 알아 버렸는지
보행기를 방구석에 세워 놓고
아기를 안고 집 안을 돌아다닌다

보행기·2

보행기에 외손이 처음 태워졌다
방바닥에 닿은 발을 느끼고
발바닥과 발가락과 발뒤꿈치를
제각각 다르게 써보면서
곧 일어나 걸으리라는 걸
외손은 예감할 것이다
마침내 직립보행하면
먼저 누구에게 첫 걸음을 뗄지
다음에는 무엇에게 첫 발짝을 뗄지
이미 마음속에 정해져 있을까
나는 나에게 한 걸음 한 걸음 걸어와서
양말을 신겨 달라 하기를 바라고
신발장에 한 발짝 한 발짝 걸어가서
신발을 꺼내 신기를 바라고
그리하여 현관문을 열어서
세상에 힘차게 두 발 내디디기를 바란다
보행기에 가만 앉아 있던 외손이

살그미 발로 방바닥을 밀었다

웃음과 울음의 순서

내가 며칠에 한 번씩 찾아가도
여전히 누워 지내는 외손이 알아보고
함박웃음을 웃는다
말을 할 줄 모르는 아기가
의사표시 할 수 있는 방법으로는
웃음과 울음밖에 없다는 걸 익히 아는 바
함박웃음으로 반가움을 표현하는 외손에게
나도 함박웃음으로 반가움을 표현한다
그리고, 웃음만 웃도록
내가 안아 들고 웃기려고
눈을 부릅뜨거나 볼을 부풀리거나
입술을 내밀거나 고개를 까딱거리다 보면
외손은 예기치 않은 순간에
앙 운다
울음으로 무엇을 표현하려는 건지 몰라서
어르고 달래다가 문득,
태어나자마자 운 아기가

웃으면서만 자랄 수 없는데

왜 웃기려고

체통 없이 어릿광대짓을 하느냐고

외손이 볼멘소리를 하는 걸로 헤아려져

나는 울상을 지으며 요 위에 내려놓아 눕힌다

외손이 방긋, 방긋, 웃는다

애착 담요

어린 외손은 담요를 덮어주어야
가만히 있는다
더 자라면 담요를 들고 다니며
머리에 뒤집어쓰고 숨거나
엉덩이에 깔고 앉아 놀거나
장난감을 덮어 가릴 것이다
제 엄마가 어린 딸이었을 적에도
그런 담요가 있어서
울음 울 때 갖다 주면 그치고
잠투정할 때 덮어주면 잠들고
칭얼거릴 때 안겨주면 입 다물었다
아기가 물건에 애착한다는 걸
아기에게 애착하는 물건이 생긴다는 걸
이상하게 여기지 않게 된 것은
그 물건만 주어지면
제 엄마를 편하게 한다는 생각이
어린 딸부터 어린 외손까지

2대를 바라보며 들어서다
엄마의 품속을 대신할 수 있다면
그 물건을 당연히 애착해야 한다
어린 외손은 담요를 덮어주면
제 엄마가 안아 주지 않아도
가만히 있는다

첫 이유식

외손이 목을 가눌 수 있게 된 날
제 엄마가 처음으로 이유식을 먹인다

외손에게 바뀐 것이 있다
젖꼭지에서 숟갈로 바뀐 것이다
젖병에서 죽 그릇으로 바뀐 것이다
식기가 바뀌어도
외손은 입을 잘 벌린다

외손에게 달라진 것이 있다
빨아서 먹다가 받아서 먹는 것이다
안겨서 먹다가 앉아서 먹는 것이다
식사 자세가 달라져도
외손은 잘 삼킨다

쌀가루를 물에 풀어 끓인 미음을
제 엄마가 첫 이유식으로 먹이는데

외손은 입맛에 맞는지 내뱉지 않는다

아주 먼 뒷날
외손이 이가 다 나서 곡류를 먹게 되면
이가 다 빠져서 곡기를 끊을지도 모르는 나에게
저런 미음을 쑤어 먹여줄 것이다

턱받이

어린 외손이 젖을 흘린다고
손수건으로 턱받이를 해주어
젖병을 물리고
어린 외손이 침을 흘린다고
헝겊으로 만든 턱받이를 해주어
바운서*에 눕혀 흔들고
어린 외손이 이유식을 흘린다고
플라스틱으로 된 턱받이를 해주어
숟갈로 떠먹이는
젊은 딸을 본다
이제 내가 더 늙어 병 깊이 들면
젊은 딸이 나에게도 타월로
때마다 턱받이를 해주고는
식사와 양치질과 세수를 하게 할까
나는 부모님이 몸져누우셨을 적엔
턱받이를 해주지 못했어도
젊은 딸이 아기였을 적엔

턱받이를 해주었다
젖을 흘렸고 침을 흘렸고 이유식을 흘렸던
그 딸아기가 엄마 되어
어린 외손에게 턱받이를 해주고 있는데
왜 내가 턱받이를 하고 마주보고 있을까

*바운서: 흔들의자와 비슷한 유아용 기구

귀둥이가 앉아 발을 잡고 논다

귀둥이가 앉아 발을 잡고 논다
아직 걷지 못하는 귀둥이가
나중에 걷게 될 때 내디딜 발을
미리 만져 보는 것이다

오른발을 잡는 귀둥이,
제 아빠를 쳐다보며 싱긋 웃는다
걸음마하면 손잡고 춤추자는 걸까
왼발을 잡는 귀둥이,
제 엄마를 쳐다보며 벙긋 웃는다
걸음마하면 손잡고 산책하자는 걸까
귀둥이가 누군가를 쳐다보다가
벌떡 일어나 한 발짝 뗄 날이 올 것이다

발이 점점 자라는 동안에
귀둥이는 공부하러 학교로 뛰어갈 것이고
발이 다 자란 뒤에

귀둥이는 쉬러 집으로 달려올 것이다

그렇게 수고할 두 발을 번갈아 잡으며 놀다가
귀둥이는 입에 넣고 침으로 열심히 세족한다

트림

외손에게 분유를 타서 먹이고
트림을 시키기 위해서
안고 일어나서 걸으며
등을 토닥, 토닥였다
외손은 젖병의 젖꼭지를 빨아대다가
배가 부르면 한사코 밀어내어
본능적으로 그만 먹었다
분유를 먹는 아기는
트림을 시켜줘야 한다기에
외손의 등을 두드리다가
난데없이 내가 꺼억 트림을 했다
나는 밥을 먹으면 아무리 배가 불러도
수저를 놓지 않고 맹목적으로 과식했다
평생 먹은 음식을 모아놓으면
그 무더기에 묻혀 죽을 내가
여전히 식탐하는 나를 한심해 하며
외손이 트림하도록 등을 토닥, 토닥였다

어부바

외손과 제 외할머니는 어부바하기를 좋아한다

외손은 업히면
제 외할머니의 등을 안을 수 있기 때문일까
제 외할머니는 업으면
외손의 두 팔에 등을 안길 수 있기 때문일까

외손과 제 외할머니는 서로
앞가슴으로 안고 안기는데
이땐 누가 누구를 안고
누가 누구에게 안긴다고
단정할 수 없는 상태지만
제 외할머니가 업고 외손이 업힐 땐
외손은 제 외할머니의 등을 안게 되고
제 외할머니는 외손의 두 팔에 안기게 된다

나도 외손을 어부바해 봐야겠다

목말

말할 줄 모르고 걸을 줄 모르는 외손을
나는 어깨에 걸터앉게 하고
머리를 붙잡게 한다
갔다 오고 싶은 데로 틀어 달라는 뜻으로

실은 그런 의사조차 아직 표시하지 못하지만
외손은 목말을 타면 그저 싱글벙글한다
제가 쳐다보는 나무 위로 뛰어 올라가서
잎들과 놀다가 내려올 수 있다고 여길까
제가 쳐다보는 구름 위로 뛰어 올라가서
빗방울에 세수를 하고 내려올 수 있다고 여길까
제가 쳐다보는 하늘 위로 뛰어 올라가서
하느님과 인사하고 내려올 수 있다고 여길까

아무려나 어른이 아기에게
어깨를 낮추고 머리를 숙이는 건
사람이 사람에게 취할 수 있는 가장 낮은 자세,

나는 목말을 태우고 외손은 목말을 탄다
같은 데로 같이 갔다 온다

아기식탁의자

외손이 목과 허리를 곧추세워
앉아 지낼 수 있게 된 날에
내가 아기식탁의자를 사주었다

외손이 아기식탁의자에서
음식만 먹기를 바라지 않는다
그림책을 펴놓고 보고
엄마아빠랑 마주해서 말도 하고
언제든지 쉬기를 바란다
그리고, 창밖으로 고개를 돌리다가
햇빛이 보이면 왜 햇빛이 내리는지
비가 보이면 왜 비가 내리는지
눈이 보이면 왜 눈이 내리는지
누구를 위하여 무엇을 하러
하늘에서 땅으로 오는지
질문하고 생각하고 상상하는
아이로 자랐으면 한다

식탁과 의자의 일체형,

아기만 쓸 수 있는 일인용,

나는 외손을 아기식탁의자에 앉혔다

이유식 앞에서

제 엄마가 소고기를 갈아 넣어 끓인 이유식을
외손은 그저 내려다보고 있다
처음엔 쌀만으로 끓인 미음,
다음엔 오이를 갈아 넣은 미음,
이도 나지 않은 아기가
곡류에서 채소류로, 오늘 드디어 육류까지
인간의 주된 양식을 취한다
곧 여러 가지 과즙도 마시겠지
숟갈질도 하지 못하는 아기가
입맛에 맞는 음식을 주지 않는다고
투정하는 건 아닐 텐데
외손은 맛보려고 하지 않고,
며칠마다 재료를 바꾸어 이유식을 준비해 온
제 엄마는 오늘 서둘러 맛보이려고 하지 않는다
이 식사 자리에 함께한 나는
내가 떠먹여 볼까 떠먹어 볼까 하다가 흠칫한다
아기식탁의자에 차린 이유식 앞에서

외손과 제 엄마와 나는

서로 알 수 없는 속내로 입을 다물고 있다

같이 놀다·1

주먹을 응시하면서
방긋거리기도 하고
찡긋거리기도 하고
놀소리하기도 하던 외손이
불현듯 쥠쥠을 한다

주먹에서 무엇이 보였을까
잘 웃지 않는 내 눈이 보였을까
늘 찡그리는 내 이마가 보였을까
좀해선 열지 않는 내 입이 보였을까
제 주먹에서 내가 보이는 게 싫어서
쥠쥠을 시작했을까
이제 손가락에서 무언가 볼 것이다
시시때때로 눈으로 웃는 제 외할머니를 보든가
이따금 이마를 찡그리는 제 엄마를 보든가
평소 입을 다무는 제 아빠를 보든가

외손은 손가락을 응시하면서

쬠쬠 한 번 하며 방긋거리고

쬠쬠 두 번 하며 찡긋거리고

쬠쬠 세 번 하며 놀소리한다

같이 놀다·2

도리도리
내가 목을 흔들고
도리도리
외손이 목을 흔든다

목 근육을 튼튼하게 하는 운동을
외손에게 시키면서
도리질엔 다른 의미가 담겨 있다는 걸
불현듯 떠올린다

목을 좌우로 흔드는 건
상대에게 부정을 표현하는 방법이기도 하다
어른인 내가 아기인 외손에게
싫다거나 아니라는 뜻을
몸으로 나타내는 법을
은연중에 가르치고 있는 것이다

세상을 살아가다 보면
고개를 쳐들어야 할 때가 있고
고개를 숙여야 할 때가 있지만
그걸 가르치기에는 너무 어린 외손에게
목을 가누어야만 사람들과 맞대면할 수 있다고
마음속으로 되풀이 강조하면서
아무쪼록 사절이나 거절할 상대가 많은 세상에서
외손이 살아가지 않기를 바라고 바란다

같이 놀다·3

내가 외손 앞에서 짝짜꿍을 하고
외손이 내 앞에서 짝짜꿍을 한다

짝짜꿍은
어른과 아이가 마주
손뼉을 치며 함께 노는 놀이

그러다가 신이 나서
집 안을 둘러보며 짝짜꿍짝짜꿍
유모차를 바라보며 짝짜꿍짝짜꿍
창밖을 내다보며 짝짜꿍짝짜꿍

이렇게 나와 외손이 짝짜꿍을 하면
집 안에 숨어 있던 물건들이 모두 뛰어나와 짝짜꿍짝짜꿍
유모차에 숨어 있던 길들이 모두 기어나와 짝짜꿍짝짜꿍
창밖에 숨어 있던 풍경들이 모두 몰려나와 짝짜꿍짝짜꿍

한바탕 어우러져서

어른과 아기가

서로 치켜세우며 서로 재롱을 떤다

같이 놀다·4

나는 외손과 마주 앉아
오른손검지로 왼손바닥을 찌르며
진진, 진진, 소리 내어
그 동작을 유도하다가
손가락으로 상대를 가리키고
손바닥으로 상대를 막아주는 행동을
가르치고 있다는 생각을 하며
진진, 진진, 소리 내어
그 동작을 유도하다가
사람이란 스스로 찌르고 스스로 막는
창과 방패를 하나씩 들고
모순으로 살아가는 존재라는 걸
일깨워주고 있는 게 아닌가 의문하며
진진, 진진, 소리 내어
그 동작을 유도하다가
손바닥 가운데를 손가락 끝으로 자극하여
기를 통하게 한다거니 지능발달을 돕는다거니

의미를 부여한 속설을 믿어 보자며

진진, 진진, 소리 내어

그 동작을 유도하다가

외손이 따라하지 않아

옳다구나, 그만두었다

나를 향해 입술을 투루루 떨었다

거실바닥에 앉아 놀던 외손이
나를 향해 입술을 투루루 떨었다
아기가 투레질하면
비가 온다는 말을 예전에 들은 적 있어
나는 창밖을 살펴봤다
아기가 투레질하는 건
성대와 입을 사용하는 법을 터득하려는
행동이란 말을 이즘 들은 적 있어
나는 긴가민가했다
분유를 젖병 가득 마시고
이유식을 죽 그릇 가득 먹어서
배고플 리 없는 외손이
무엇이 마음에 들지 않아 투레질했을까
입술을 달싹이는데도
아직 말이 나오지 않아 투레질한 걸까
이렇게 저렇게 해석되기도 하는 투레질을
외손이 나에게 불만을 표현하는 행동이라고 여겼다

외손에게 먹이기 위하여

젖병에 분유를 타고

죽 그릇에 이유식을 담기 전까지 나는

그림동화책

내가 그림동화책을 보여주면
외손이 눈을 반짝인다
벌써 그림을 볼 줄 아는 걸까
벌써 동화를 읽을 줄 아는 걸까
나는 자꾸 페이지를 넘기고
외손은 자꾸 옹아리를 한다

내가 그림동화책을 치우고
내 얼굴을 보여주어도
외손은 옹아리를 계속한다
나를 배경으로 보는 걸까
나를 등장인물로 보는 걸까
외손이 말을 또박또박할 때까지
나는 배경이 되어 있어도 좋고
등장인물이 되어 있어도 좋다
어른인 내가
한 권의 그림동화책으로 읽힌다면

이 세상엔

온갖 그림동화책이 널려 있다 할 수 있다

아가, 잘 골라서 눈 크게 뜨고 보며 자라거라

배밀이

외손이 처음 배밀이할 땐 뒤로 갔다
발바닥으로 뒤쪽을 더듬거리며
역류하는 몸짓부터 터득하는 외손을 보면서
걸음걸이도 뒷걸음질부터 하지 않을지
나는 염려했다
이보 전진을 위한 일보 후퇴를
제 엄마 뱃속에서부터 알아버려서
그때도 발길질했던 걸까

외손이 오늘 문득 배밀이하면서 앞으로 간다
열 손가락으로 방바닥을 당기면서
열 발가락으로 방바닥을 밀어내는데
두 손바닥으로 방바닥을 짚고
두 발바닥으로 방바닥을 딛고
외손이 벌떡 일어나 걷는 날을
나는 상상한다
멀리는 이웃 고층아파트 아기에게 올라가고

가까이는 제가 사는 아파트보다 낮은 땅에 내려가기를
나는 바란다
제 엄마가 두 손을 내밀어 유도하는데
왼손은 앞으로 나아가지 않고
슬쩍, 옆으로 배밀이하며 싱긋, 웃는다
나는 짝짝짝 박수를 쳐주었다

먹고, 놀고, 자고

귀동아기가 먹을 땐
이유식 한 종지 분유 한 병 물 한 통
제 엄마가 먹여줄 때 가장 잘 먹는다

귀동아기가 놀 땐
짝짜꿍 도리도리 보행기타기
제 외할머니가 놀아줄 때 가장 잘 논다

귀동아기가 잠잘 땐
보채기 잠투정 뒤척이기
제 외할아버지가 재워줄 때 가장 잘 잔다

잘 먹고 잘 놀고 잘 자는 건
제 외할아버지 외할머니가
제 엄마를 낳아 키울 때부터
꼭 하게 했던 것이지만
모든 부모도 아기에게 바라는 것,

귀동아기가 잘하도록
제 엄마가 애쓰고 있다

제 아빠가 집에서 쉬는 날엔
먹고, 놀고, 자고, 먹고, 놀고, 자고……
귀동아기는 모두 아빠와 같이 잘한다

직립하기 위하여

내가 두 팔로 안고 놀아 주기에는
제법 몸무게 나가는 외손을
눕히고 어르다 보면
외손이 엎친다
엎드려서 고개를 들고
사방을 두리번거리다가
눈을 반짝거리며 기어가서
물건을 짚고 일어서다가
다리에 힘이 **빠져** 주저앉는다

내가 양 겨드랑이에 손을 넣어
외손을 일으켜 세우면
바닥을 다져 놓아야
바로 설 수 있다고 여기는지
외손은 팔짝팔짝 뛴다
뱃속에서 웅크려서
열 달을 채울 적에

툭툭 발로 차면

제 엄마가 움찔거리는 게 느껴져서

다리를 접고 펴는 행동이 중요하다는 걸

알아버렸을지도 모른다고

나는 미루어 짐작하면서

왼손을 다시 눕히고 어른다

숟가락

과일 넣은 이유식을 좋아하고
고기 넣은 이유식을 좋아하지 않는 외손을
딸이 때마다 어르고 달래며 먹이는데
어느 날부터 두 가지 다 잘 먹지 않았다
딸이 꼭지숟갈로 떠서 입에 갖다 대면
외손은 앙 다물었다가 또 갖다 대면 앙 울었다

딸이 차려놓은 점심 식탁에 둘러앉아
우리는 늘 하던 대로 젓가락으로 밥을 먹으며
외손의 식성을 걱정했다
그때 아기식탁의자에 앉아 있는 외손이
우리의 식사를
날마다 봐왔고 지금도 본다는 걸
딸이 갑자기 알아차리고는
다 같이 숟가락으로 밥을 먹자고 말해서
우리는 젓가락을 놓고 숟가락을 들었다

그 후로는 딸이 꼭지숟갈로
과일 넣은 이유식을 떠먹여도
고기 넣은 이유식을 떠먹여도
외손은 널름널름 받아먹고는
우리를 향해 벙그레 웃었다

잠재우는 법

누워 지내는 외손이 졸려 할 적엔
내가 팔로 목을 받쳐
앞자락에 눕히고
젖병을 물리면
빨아먹다가 빨아먹다가 잠들었다

기어 다니는 외손이 졸려 할 적엔
내가 요 위에 눕히고
가슴을 토닥거려주면
뒤적거리다가 뒤적거리다가 잠들었다

앉아 노는 외손이 졸려 할 적엔
내가 잠자리에 눕히면 발딱 일어나선
좀해서 눕지 않고 보챘다
이제 몸무게 늘어난 외손을
내가 재우려면 힘에 부쳐서
제 엄마가 가슴에 껴안고 서성거리면

외손은 칭얼거리다가 칭얼거리다가 잠들었다

제 엄마나 나나 피곤해서
잠든 외손 곁에 가만히 있다 보면
제 엄마나 나를 잠재우려는지
외손이 잠깨고도 가만히 있었다

직립보행하기 위하여

두 팔다리를 써서
기어 다니는 외손이
때가 되었다는 듯이
갑자기 일어나 앉아서
아내와 나를 보다가
팔꿈치를 펴 손으로 짚고
무릎을 펴 발을 딛고는
일어서서 걸으려고 하는 것 같다

날마다 우리의 걸음걸음을 보면서
사람이란 일어서서 걸으며
무엇에게 다가가야 하는지 살피며
다른 사람을 찾아가야 쉴 수 있다는 걸
외손이 알았을까
우리는 그리 하려고 외손에게 와 있는 것이다
외손도 우리에게 와서 그리 하려고
기어 다니다가 일어나 앉았다가

일어서서 걸으려고 하는가

아내와 나는 번갈아
외손을 잡아 일으키고
그리고, 껴안는다

특별한 날

햇볕이 그늘을 기다리는 날
새가 나무를 기다리는 날
나는 외손을 기다린다

외손이 외가로 온다는 소식을 알고
날씨를 덥지 않게 하려고
그늘을 기다린다,고 햇볕이
주변이 조용하도록 지저귀지 않으려고
나무를 기다린다,고 새가
이미 나에게 소곤거렸다

산그늘로 볕을 가려주면
땀 많이 흘리는 외손을 덜 덥게 할 것 같아서
단풍나무에 새를 앉히면
잘 웃는 외손에게 덜 지저귈 것 같아서
나는 묻는다
햇볕에게, 산그늘을 데려올까?

새에게, 단풍나무를 데려올까?

외손이 제 집에서 나를 기다리는 날에도
햇볕은 그늘을 기다릴 것이라는 사실을
새는 나무를 기다릴 것이라는 사실을
벌써 나에게 발설했다

시인으로서 아기를 '보기'

홍승진

1. 하종오 육아 시편의 문학사적 의의

하종오 시집 『웃음과 울음의 순서』는 시인의 외손녀가 태어나고 자라는 모습을 그리고 있다. 이는 어린이의 시점을 취하고 있지 않다는 점에서 동시(童詩)와 거리가 멀다. 그렇다고 이 시집이 아이를 독자로 삼고 있는 것도 아니다. 물론 여기에 담긴 시편은 어른만의 시각으로는 인식하기 어려운 삶의 진실을 갈피갈피 담아낸다. 시인이 몸소 외손녀와 더불어 울고 웃는 과정 속에서 이 시집은 태어났다. 따라서 우리는 이 시집을 '육아 시편'이라고 부를 수 있을 것이다.

하종오의 육아 시편은 한국현대시의 짧지 않은 역사 가운데서도 독특한 위치를 차지한다. 시집 한 권 분량의 무게감으로 갓난아기의 생태를 형상화한 사례는 한국 시문학사 전체에 걸쳐서도 찾아보기 힘든 것이다. 필자의 모자란 독서 경험을 되짚어보면, 일찍이 정진규가 손주에 관하여 쓴 「천사의 똥」이나 「옹알이」 등이 떠오른다(정진규, 『껍질』, 세계사, 2007). 그 시편도 무척이나 아름다운 것이지만, 양으로만 따져보아도 하종오의 육아시편에 비하여 본격적인 기획의 산물이라고 보기 어렵다. 이뿐만 아니라 정진규의 시편과 하종오의 육아시편 사이에는 질적으로도 결정적인 차이점이 놓여 있다.

일반적으로 아기를 시로 다루는 경우에는 시적 화자가 언제 어디에 있는 누구인지 잘 보이지 않기 쉽다. 이러한 시편은 갓 태어난 아기를 시적으로 잘 표현한 작품이라고 할 수는 있어도, 구체적으로 어떠한 화자가 표현한 작품인지는 그리 뚜렷하게 드러나 있지 않는 것이다. 아기라는 존재 자체가 워낙 '시적'이기 때문에, 적절한 비유와 상징을 사용하면 아기에 관한 시 한 편이 만들어질 수 있다. 반면 하종오의 경우에는 분명히 아기를 주된 시적 소재로 다루고 있음에도, 시적 화자가 자리한 시간과 공간이 오히려 오롯하게 도드라진다. 언뜻 보기에 하종오의 육아시편이 밋밋하고 메마른 것 같으면서도 우리에게 무언가 '시적인' 느낌을 주는 까닭이 바로 여기에 있다. 이 육아 시편은 '하종오'라는 사람의 몸짓과 목소리를 체험시키기 때문이다. 화려한 비유나 자극적인 상징이 없다고 하더라도,

한 사람이 고스란히 느껴지는 시는 그 자체로 한 사람으로 느껴지기에 함부로 읽어치울 수 없는 작품이 된다. 하종오의 육아 시편은 자칫 소재주의에 머무를 위험을 넘어, 하종오식 리얼리즘의 면모를 여실히 보여주고 있는 것이다.

2. 하나뿐인 영혼의 이름을 부르는 일

아주 단순한 생각에서 시작해보자. 시는 시인이 쓰는 것이다. 아기에 관한 시도 시인이 쓰는 것이다. 그런데 리얼리즘 시는 시인이 어떠한 시공간 속에서 어떻게 발화하고 몸짓하는지를 인식하는 데에서 비롯한다. 적어도 하종오식 리얼리즘의 시만은 지금까지 그래왔고 앞으로도 그럴 것이다. 그렇다면 아기에 관해서 쓴 리얼리즘 시에도 '시인이 쓰고 있다'는 의식이 들어 있어야 할 것이다. 하종오의 육아 시편이 지니는 첫 번째 특징은 '시인'이라는 입장에서 아기의 탄생과 성장을 바라본다는 점이다.

한국 현대시에서 아기에 관한 시가 그리 많은 편도 아니었지만, '시인'의 자의식을 직접 제시할 만큼 시적 화자의 위치와 태도를 거침없이 드러낸 경우가 또 있었을까? 분명히 시인이라 시를 썼을 텐데도, 정작 시 텍스트 안에서는 시인 아닌 행세를

태연하게 하지 않나? 그렇다면 그것은 얼마나 위선인가? 하종
오의 육아 시편은 어찌 보면 너무나 당연하지만 정작 진솔하게
표현되기 어려운 시적 사유에서 태어난다. 그중 하나는 아기를
돌보고 그 경험으로써 시를 쓰는 시적 화자의 정체성이 '시인'이
란 사실이다. 이를 가장 극명하게 보여주는 시가 바로 「삼칠일」
이다.

> 딸이 아기에게 젖을 물리면서
> 몸에 도는 피를 새삼 느꼈을 날에
> 나는 낱말을 바꾸고 행을 나누다가
> 신작시를 탈고해서 되풀이 살펴보았네
> (중략)
> 해산 중에 늘어난 골반을
> 딸이 원상태로 되돌려놓는 동안
> 아기가 자주 배냇짓한다고 말했고
> 시작詩作 중에 찾아온 낱말을
> 내가 한글사전 속에 되돌려 보내는 동안
> 신작시가 곧잘 읽히다가 만다고 말했네
>
> ─「삼칠일」 부분

이 작품의 제목인 "삼칠일"은 '세이레'라고도 하며, '아이가

태어난 후 스무하루 동안'을 의미한다. 옛날에는 아기가 태어났을 때 대문에 금줄을 걸어놓고 부정을 기(忌)하는 기간이 삼칠일이었다. 위 시는 '삼칠일'이라는 시간적 배경을 바탕으로, 교묘한 병치 기법을 통해 시적 화자의 딸이 해산 직후에 겪는 일들을 시적 화자의 시 창작 과정에 비유한 작품이다. 인용한 대목에서 시적 화자는 딸이 아기에게 젖을 먹일 때 "몸에 도는 피를 새삼 느꼈을" 것이라며 놀라운 상상력을 발휘한다. 이는 어머니의 몸 밖에서 아기에게로 공급되는 젖이 원래 어머니의 몸속에 돌던 피로 만들어졌다는 시적 통찰이다.

그때 시적 화자는 "신작시"의 "탈고"를 거듭했다고 한다. 여기서 주의해야 할 사실은 시인이 '퇴고'가 아니라 "탈고"라는 시어를 사용하였다는 것이다. '퇴고'가 작품을 아직 완성하기 이전의 상태를 가리킨다면, "탈고"는 작품을 완성한 상태를 가리킨다. 그런데 이상하게 "탈고"를 한 뒤에도 시적 화자는 "신작시"를 "되풀이 살펴"보았다고 한다. 본디 한국어에서 "되풀이"는 '같은 말이나 일을 자꾸 반복함, 또는 같은 사태가 자꾸 일어남'을 뜻하는 명사이다. 그런데 시인은 "되풀이"라는 어휘를 "살펴보았다"라는 동사와 그 동사의 목적어인 "신작시를"의 사이에 배치함으로써, 명사가 아니라 부사처럼 읽히도록 유도하였다. 그러므로 "되풀이"는 부사로 활용되고 있다는 점에서, 그 전에 나타난 부사 "새삼"과 호응 관계를 이루게 된다.

"되풀이"와의 호응 관계 속에서 "새삼"이라는 시어를 되새
긴다면, 시적 화자의 "딸"이 아기에게 젖을 먹이면서 자기
몸속에 도는 피를 "새삼" 느꼈으리라는 상상은 또 다른 의미로
해석된다. 앞에서는 이 상상이 '젖이 어머니의 피로부터 나온
다'는 통찰이라고 보았다. 하지만 그와 동시에 이 상상은 '젖과
피는 엄연히 다르다'라는 시적 통찰을 함축하기도 한다. "딸"이
아기에게 젖을 먹이면서 자신의 몸속에 도는 피를 "새삼"
느낀다는 것은, 자신의 젖을 먹고 생긴 아기의 피와 구별되어
자기 몸속의 피가 자신만의 것으로 돌고 있다는 자명한 사실을
"새삼" 깨닫는다는 것이다. 아무리 "딸"이 아기를 낳았으며
아기와 가까운 존재라고 하더라도, "딸"과 아기는 엄연히 다른
방식으로 살아가는 생명이다.

어머니와 아기가 엄연히 독립된 생명체이듯, 시인이 창작한
시는 시인의 손을 떠난 이상 하나의 독립된 생명이 된다. 아기가
"딸"에게 보내는 '배냇짓'은 '갓난아이가 자면서 웃거나 눈·
코·입 따위를 쫑긋거리는 짓'을 뜻한다. 그에 비하여 "신작시"
는 시적 화자인 시인에게 '배냇짓'을 보내기는커녕, "곧잘 읽히
다가 만다고" 한다. "신작시"는 시인의 커다란 기대감 속에서
태어났지만, "탈고" 이후로 얼마 지나지 않아 곧 불만족스러움
으로 변한 것이다. 애초에 이 시는 해산의 힘겨움과 시 창작의

힘겨움을 등치시키는 모티프에서 촉발되었다. 결국 이 시는 시를 쓴다는 것이 생명을 담아내려는 것과 같지 않을까 하는 질문을 던졌던 것이다. 그러나 한 편의 시에 생명을 불어넣는 일이 얼마나 어려운지를 느끼면서 마무리된다. 때문에 시는 "읽히다가 만다고" 하는 것이다.

어머니의 해산과 시인의 창작을 동일시하는 상상 자체는 그리 새롭다고 할 것이 되지 못하며, 차라리 서정시의 상투적 문법이라고 해야 할 것이다. 그러나 위 작품은 해산과 창작 사이의 동일시를 어느 순간 뛰어넘어, 언어의 활자화가 결코 인간 생명의 창조에 비길 수 없다는 사유에까지 이른다. 그러한 인식의 확장 속에는, 언어에 생명을 담아내야 하는 일이 언어 예술의 정수인 시의 임무이자 불가능한 꿈이라는 절망도 묻어 나온다. 이처럼 하종오 시는 서정시의 기본적인 문법을 순순히 따르고 있는 듯하면서도, 독자가 알아차리지 못하는 찰나에 서정의 낯선 틈 속으로 훌쩍 넘어가곤 한다.

또 다른 작품 「수국 꽃」에서 "시집간 딸"은 "수국이 피운 꽃을 보고는 / 혼잣말을 재잘거"린다. 또한 "꽃이 하는 여러 말을" 시적 화자는 알아듣지 못하지만, 시적 화자의 임신한 딸은 알아듣는다고 한다. 시집간 딸과 수국 꽃이 서로 주고받는 말은 자연과 인간이 소통하는 언어이다. 그것은 아무에게나 손쉬운 접근을 허락지 않는 말이다. 따라서 그 말은 어쩌면

시(詩)의 언어와 닮아 있다. 시(詩)는 보이지도 들리지도 잡히지도 않는 것, 이를테면 영혼이라 할 만한 것의 언저리를 더듬는 언어이다. 그리하여 시인은 이렇게 쓴다.

꽃에게도 영혼이 있다는 걸
영혼이 있는 사람은 알아본다는……

—「수국 꽃」 부분

물론 이때 "영혼이 있는 사람"은 일차적으로 아이를 밴 어머니를 가리킨다. 임신한 여성을 시적으로 표현한 사례 중에서 이처럼 참신하고 고결한 것이 또 있을까. 왜냐하면 이 작품에서 여성의 임신과 출산은 물리적이고 생물학적인 차원을 성큼 넘어서, 사람의 영혼과 그것을 표현하는 언어의 차원으로까지 드넓어지기 때문이다.

마찬가지로 시인의 눈으로 보기에는 여성이 앞으로 태어날 아이의 이름을 미리 짓는 행위도 시를 쓰는 일처럼 보일 수 있다. 시를 쓴다는 일은 어쩌면 영혼에 적합한 이름을 붙이는 행위이기 때문이다. 다음 구절을 보라.

얼마 후 태어난 아이를 보니
딸이 지은 이름들 모두

오히려 딸에게 잘 어울렸다

　　　　　　　　　　　　　　　　　　　—「작명」 부분

　하종오의 시는 이처럼 무심하고 간결해 보이는 구절 속에
고도로 정교한 의도를 담아놓는 솜씨가 있다. 인용한 구절에서
앞의 "딸"과 뒤의 "딸"은 모두 시적 화자의 딸을 가리키는
것으로 해석될 여지가 있다. 왜냐하면 「작명」에서 "딸"은 일관
되게 시적 화자의 딸을 지칭하는 시어로 쓰였기 때문이다.
또한 위의 인용에서 보듯이 시적 화자의 외손녀는 "딸"이
아니라 "얼마 후 태어난 아이"라고 따로 표현되어 있다. 때문에
독자는 인용한 구절에서 앞 행의 "딸"과 뒤 행의 "딸"을 동일한
인물이라고 자연스레 받아들이기 쉽다. 그렇다면 이 대목은
딸이 곧 출산할 아이를 위하여 지어놓은 이름들이 오히려
딸 자신에게 잘 어울렸다는 역설(paradox)이 된다.
　우리는 이러한 역설이 무엇을 의미하는지 쉽게 해석하지
못하며, 그리하여 평범하지만 단순치 않은 이 구절에 속수무책
으로 매혹되기 마련이다. "딸"의 이름을 지어준 사람은 "딸"의
아버지인 시적 화자 자신이다. 그런데 "딸"이 자신의 아기에게
미리 지어준 이름들이 오히려 "딸"에게 잘 어울린다고 시적
화자는 깨닫게 된다. 이 말을 뒤집어서 이해한다면 시적 화자가
"딸"에게 지어주었던 이름이 실은 "딸"에게 어울리지 않는

것이었다고 해석할 수도 있다. 또한 "딸"이 미리 지어놓은 이름들이 모두 "딸" 자신에게 어울린다는 표현은 곧 어떠한 하나의 이름만으로는 존재를 온전하게 고정시킬 수 없다는 의미이기도 하지 않을까. 인간의 영혼은 그 자체로 유일무이하기 때문이다. 그 비밀을 알아챈 시인의 깊은 사유가 「신생아실 밖에서」라는 작품에 들어 있다.

> 갓난아기는 강보에 싸여 있었지만
> 세상에 제 자리를 마련하기 위해
> 사람과 사람 사이를 비집으려는지
> 고개를 돌리고 얼굴을 찡그리고
> 두 눈을 떴다 감았다 했다
> 친척들은 갓난아기에게서
> 자신과 닮은 이목구비를 찾았거나
> 아깃적 자신의 모습을 봤는지
> 또 더 크게 탄성을 질렀다
> (중략)
> 외손을 보러 온 나는
> 그들 모두를 곁눈질하다가 그만
> 나도 모르게 갓난아기가 되었는지
> 못내 아무 말을 하지 못했다

"못내 아무 말을 하지 못했다"라는 마지막 행은 단지 "나도 모르게 갓난아기가 되었"다는 '시적 화자=아기'의 동일시를 부연 설명하는 것이 아니다. '않았다' 대신에 쓰인 "못했다"라는 표현, 그리고 '자꾸 마음에 두거나 잊지 못하는 모양' 또는 '이루 다 말할 수 없이'를 의미하는 "못내"라는 시어 등, 곳곳에 시인으로서의 절망감이라는 색채가 스며든다.

인용한 구절에서 시적 화자는 "갓난아기"가 "세상에 제자리를 마련하기 위해 / 사람과 사람 사이를 비집으려는" 존재라고 상상한다. 아기를 이러한 존재로 보는 인식은 동학(東學) 사상과 상통하는 면이 있다. 동학에서 아이(어린이)를 '하느님'이라고 보는 까닭은, 아이야말로 모든 생성과 변화의 가능성을 응축하여 내재한 존재이기 때문이다. 아이는 유일무이한 잠재성이다. 그리고 유일무이하다는 것은 신(神)이 지닌 속성 중 하나이다. 하지만 어른들은 그처럼 유일무이한 가능성의 존재로부터 "자신과 닮은 이목구비를 찾았거나 / 아깃적 자신의 모습"만을 찾으려고 애쓴다. 어른들은 언제나 자기중심적으로 생각하고자 하며, 따라서 자기와 닮은 것만 좋아하는 것이다.

그러나 시적 화자는 시인의 입장에서 그러한 어른의 동일시 방식이 폭력적임을 알아차린다. 언어는 그 자체로 이미 존재의 유일무이함을 훼손하는 폭력일 수 있다. 왜냐하면 언어는 구체적인 존재의 다양성(무지개)을 추상적인 관념으로 환원시킨 것(일곱 빛깔)이기 때문이다. 위 시의 제목이 '신생아실에서'가 아니라 "신생아실 밖에서"라고 하면서 "밖에서"라는 외부성의 의미를 강조한 이유도 이러한 맥락에서 헤아려진다. 따라서 시적 화자는 다른 어른과 같이 아기에게서 자신과 닮은 점을 찾아 환호하는 대신에 침묵을 선택한다. 이때 침묵은 아기의 유일무이함을 존중하고 인정하는 유일한 언어적 형식일 것이다. 「신생아실 밖에서」는 언어의 외부, 즉 침묵의 형식을 언어화하는 가편(佳篇)이다.

내가 대학원에서 한국 현대시를 전공하는 탓일까. 이 글의 마무리로 말장난이 떠올랐다. 한국어에서 '보다'는 여러 가지 뜻이 있다. 하나는 무언가를 바라본다는 뜻이다. 이는 시를 비롯한 모든 예술에 걸쳐 관조하는 시선의 문제를 암유한다. 하종오의 육아 시편은 시인의 정체성이 무엇보다도 우선 '시인'이라는 시선을 통해 아기와의 마주침을 형상화한다. 또한 '보다'는 아이를 돌본다는 뜻도 있다. 하종오의 육아 시편은 초로에 접어든 남성으로서, 여성의 몫으로 과도하게 짐 지워져 있는 육아 노동을 돕는 이야기이기도 하다. 하종오 시집 『웃음과 울음의 순서』 속에는 볼 수 있는 만큼만 보는 사람이 있다. 시는 곧 사람이며, 거짓말로부터 자유롭고, 자유로우므로 시적이다.

3. 하언이에게 쓰는 첫 번째 편지

하언아, 안녕? 하언이는 좋겠다. 할아버지께서 시인이니까 하언이한테 시집도 선물로 써주고, 삼촌도 하언이 돌잔치 선물로 이 편지를 쓰는 거야.

하언이 할아버지 시집 제목을 다시금 손끝으로 매만져봤어. 웃음과 울음의 순서라니. 무슨 뜻인지는 삼촌도 잘 모르겠어. 그래서 이 말을 입안에 넣고 혀로 굴려보았지. 웃음과 울음의 순서, 웃음과 울음의 순서……. 이상한 일이야. 어쩐지 뜨거운 국물을 삼킨 것마냥 가슴께에 무언가 울컥 번지는 느낌이야.

하언이 키가 점점 클수록 하언이 할아버지께서는 쪼글쪼글해질 거야. 하언이가 태어났을 때, 하언이 할아버지는 크게 웃으셨을 거야. 그런데 하언이 할아버지께서는 언젠가 돌아가신대. 그러면 하언이는 꽤 울게 될 거야. 나중에 할아버지가 하언이한테 선물로 써준 시집을 읽을 때마다 눈물이 날지도 몰라.

삼촌한테도 외할아버지가 있었어. 집에 아무도 없는 날이면 나는 몰래 안방에 들어가서 비디오테이프 하나를 틀어봤어.

외할아버지 장례식을 촬영한 영상이었지. 그걸 보며 침대에서 펑펑 울었던 거야. 외할아버지랑 계곡에서 놀던 생각이 나서. 큰 돌을 쌓아서 둑을 만들었던 기억이 떠올라서. 그래서 나는 지금까지도 외할아버지처럼 살고 싶었어. 지금의 나를 만들어 준 것 가운데 하나가 외할아버지처럼 살고 싶은 마음이야.

오늘날 이 땅에서 여성으로 산다는 것이 얼마나 힘든 일인지를 사노라면 뼈저리게 겪게 될 거야. 그런데 삼촌은 남성이라서 여성의 삶이 진짜 얼마나 힘든지 여성만큼은 몰라. 그런데 삼촌은 왜 이렇게 아는 척하면서 잔소리하는 걸까. 시집 해설에서는 미처 쓰지 못했지만, 이 시집에서 삼촌을 울린 시가 딱한 편 있어. 제목은 「젖병」이야. 삼촌이 초등학생 때였나. 어느 날 문득 우리 엄마가 화장실에서 무얼 하고 있는지 궁금해서 문을 열어본 적이 있었어. 그런데 엄마가 자기 가슴을 손으로 꾹꾹 누르고 있는 거야. 우리 엄마도 젖이 많이 안 나와서 삼촌한테 분유를 많이 먹였대. 그때 삼촌한테 다 주지 못한 젖이 남아서 그렇게 꾹꾹 눌러 짜낸다고 하더라. 「젖병」이라는 시를 읽으며 그 기억이 떠올라 울고 말았어. 울지 말라고 엄마에게 말해주고 싶었어. 말하지 못해서 그 시를 읽었어.

이 세상에 찾아와서 진심으로 반가워. 우리 빨리 만나서 재밌게 놀자.

외손이 태어난 뒤 바라보며 쓴 시들이다.

오래전 아들과 딸을 기를 때 이미 보았던 모습과 장면도 이 시들에 겹쳐 있다.

그때도 나는 오로지 시를 쓰고 있었는데 이런 영감이 떠오르지 않았다.

초로에 영유아에게서 시상을 얻는다는 건 경이로운 경험이다. 죽어감과 태어남의 교차 지점에서 느낄 수 있는 실감이기도 하다.

젊어서 이런 시들을 쓸 줄 알았더라면 나는 행간이 깊고 넓고 아늑한 시를 쓰는 시인이 되어 있을지도 모른다.

강화에서

하종오

웃음과 울음의 순서

초판 1쇄 발행 2017년 1월 27일
      2쇄 발행 2017년 7월 27일

지은이 하종오
펴낸이 조기조
펴낸곳 도서출판 b
편 집 김장미 백은주
표 지 테크네
인 쇄 주)상지사P&B

등록 2003년 2월 24일 제12-348호
주소 08772 서울시 관악구 난곡로 288 남진빌딩 401호
전화 02-6293-7070(대) 팩시밀리 02-6293-8080
홈페이지 b-book.co.kr 이메일 bbooks@naver.com

ISBN 979-11-87036-15-9   03810

정가_9,000원